KOMM MIT IN DEN KINDERZOO

UND LERNE DIE TIERE KENNEN

Hyazinth-Ara
Flamingo
Totenkopfäffchen
Strauß
Kaninchen
Seelöwe
Känguru
Schildkröte
Stachelschwein
Pelikan
Elefant
Nashorn
Kamel
Ziege

KOMM MIT IN DEN KINDERZOO

UND LERNE DIE TIERE KENNEN

„Hallo, Hallöchen! Komm herein in unseren Kinderzoo! Oder noch besser, versuche durch die Mauer zu klettern, wie es die anderen Kinder tun. Hier gibt es unendlich viel zu sehen und zu entdecken. Und du erfährst eine ganze Menge über unsere Tiere, von denen man die meisten streicheln und auch füttern darf. Auf einigen von ihnen kann man sogar reiten! Jetzt wird es aber Zeit, dass ich mich vorstelle: Ich bin Maxi, die Zoomaus. Ich begleite dich überall hin, zeige und erkläre dir alles. Wenn du am Ende des Zoobesuches Lust hast zu testen, ob du dir das Wichtigste gemerkt hast, machst du das Quiz auf der letzten Seite dieses Buches. Du hast mich noch nicht gefunden? Na, da bin ich doch, oben auf der Mauer bei den Giraffen, die schon ganz neugierig sind und dich begrüßen wollen. Ich wünsch dir einen tollen Tag!“

„Da sind sie schon, unsere Giraffen und Zebras! Diese Säugetiere kommen aus Afrika, wo sie in den Steppen und Savannen leben. Sind die Giraffen nicht riesig groß? Ausgewachsene Giraffen können bis zu sechs Meter hoch werden, manche wiegen sogar 800 Kilo! Den langen Hals haben sie, um an den Trieben, Knospen, Früchten und Blättern hoch oben in den Bäumen knabbern zu können. Ihre Zunge ist bis zu 50 Zentimeter lang und extrem beweglich. Mit der kommen sie überall dran. Praktisch, was? Wusstest du, dass die Giraffenzunge ritzeblau ist? Giraffen können auch unheimlich schnell laufen, manchmal mit einer Geschwindigkeit bis zu 50 km/h. Naja, wenn ich so lange Beine hätte, könnte ich das auch!

Zebras, diese hübschen gestreiften Wildpferde, sind mit dem Pferd und dem Esel nah verwandt. Sie lassen sich aber nicht zähmen. Das gelingt nur bei Kreuzungen zwischen Zebras und Pferden. Zebras leben in Herden mit bis zu 20 Tieren und sind immer dort zufrieden, wo es genügend Kräuter und Gras zu fressen gibt. Weißt du, woran sich Zebras untereinander erkennen? An der Zeichnung des Fells, denn die ist bei jedem Tier anders. Wenn du genau hinschaust, siehst du es."

„Diese Tiere kennst du natürlich längst. Klar, das sind Ponys! Zwergpferde sagt man auch dazu; es handelt sich also um ganz kleine Pferde mit einer Schulterhöhe von höchstens 140 Zentimetern. Es gibt verschiedene Rassen. Die bekanntesten sind das Shetland-Pony und das Island-Pony. Aber wir haben hier auch österreichische Haflinger und Telemarker-Ponys aus Norwegen und Schweden."

„Unsere Mini-Pferdchen sind besonders lieb und vertragen sich ganz prima mit allen anderen Tieren.

Es macht ihnen auch gar nichts aus, dass die Hühner ihnen den ganzen Tag zwischen den Beinen herumlaufen oder auf ihren Rücken flattern. Dort setzen sie sich hin, stecken den Kopf unter den Flügel und machen ein Nickerchen. Sie lassen sich auch gern herumtragen oder sonnen sich, während die Ponys gemütlich grasen. Komm her, streichle die Pferdchen und verwöhne sie ein bisschen. Sie mögen zwar Grünzeug und Heu, aber auf frische Mohrrüben sind sie ganz verrückt!“

„Hast du schon einmal solch einen Riesenpapagei gesehen, mit so einem langen, prächtigen Schwanz? Bestimmt nicht! Das hier ist ein Hyazinth-Ara, der größte Papagei der Welt! Er kann bis zu einem Meter lang werden! Er lebt in den Wäldern Mittel- und Südamerikas auf Bäumen und ernährt sich von Samen, Früchten und Palmnüssen. Da er einen gewaltigen Schnabel hat, macht es ihm überhaupt keine Schwierigkeiten, die harten Nüsse zu knacken. Seiner Frau ist der Papagei ein Leben lang treu. Das Weibchen legt zweimal im Jahr zwei Eier, nach drei bis vier Wochen schlüpft der Nachwuchs und wird von Papagei und Mamagei gemeinsam aufgezogen.“

„Brr, stopp! Hier kommt der Pferdezug und macht kurz Station. Der kleine Wagen ist schon gut besetzt, also steig schnell ein! Der Kutscher schnalzt dreimal mit der Zunge und Petro, das gepunktete Zugpferd, setzt sich in Bewegung. Alle Kinder freuen sich, denn jetzt geht es auf Sightseeing-Tour durch das ganze Gelände! Da kann man schon vom Wagen aus sehen, was es noch alles zu erleben gibt. Auch lässt es sich von hier aus prima fotografieren."

Petro trabt brav seinen Weg entlang. Bunte Schmetterlinge umschwirren das kleine Gefährt, die Häschen winken den Kindern zu, der Frosch hüpft neugierig auf einen Stein und quakt ohne Unterlass.

Nur die Flamingos lassen sich nicht aus der Ruhe bringen. Seelenruhig suchen sie im seichten Wasser nach etwas Leckerem zum Fressen. „Zu den Flamingos kommt ihr später noch einmal, da könnt ihr sie euch ganz genau anschauen“, sagt der Kutscher, „jetzt halten wir am Aquarium, das ist auch sehr interessant.“

„Das Aquarium mit seinen unzähligen Fischen befindet sich im Maul eines riesigen Walfisches, der aus einem noch viel riesigeren Felsbrocken gemacht wurde. Der Fels ist so glatt, dass er eine prima Rutschbahn ist. Du kannst dich aber auch auf einer der Flossen ausruhen und im Informationsheft über alle Fische nachlesen. Da steht auch, dass der Blauwal das größte Tier der Welt ist. Er wird 30 Meter lang, wird bis zu 150 Tonnen schwer – das sind 150 000 Kilo! – und frisst tagtäglich etwa vier Tonnen Krill, das sind vor allem kleine Krebse.

Obwohl Wale wie Delfine, Tümmler und Seekühe Säugetiere sind, kommen sie nie an Land, es sei denn, sie hatten einen Unfall und wurden angespült. Übrigens: Der Hai ist ja auch ein großer Fisch, aber er ist kein Säugetier!“

„Puh! Mir ist es zu nass hier! Die Elefanten sind gerade beim Elefanten-Bad! Da haben die Wärter ganz schön zu schrubben: Denn ein ausgewachsener Elefant kann bis zu vier Meter hoch werden und manchmal sogar mehr als sechs Tonnen wiegen. Betrachte einmal die Füße! Da ist ein Zehennagel so groß wie deine Hand! Die Elefanten haben viel Spaß beim Baden und helfen den Wärtern auch. Mit dem Rüssel spritzen sie sich und ihren Kameraden das Wasser über den Rücken.

Hast du gewusst, dass ein Elefant mit seinem Rüssel gar nicht trinken kann? Er saugt das Wasser mit dem Rüssel nur auf und spritzt es sich dann in den Mund. Dafür kann er aber mit seinem Rüssel eine Menge anderer Dinge: riechen, Nahrung und andere Sachen greifen, seine Freunde begrüßen, Elefantenkinder führen und natürlich unheimlich laut trompeten!"

„Ich hab Hunger, es ist Zeit für ein Picknick! Komm, wir setzen uns zu den anderen Kindern an den großen, runden Holztisch unter der uralten Eiche. Gleich nebenan gibt es Getränke, Hamburger, Hotdogs, Popcorn, frisches Obst, Eis und, ganz wichtig, Käse für mich zu kaufen. Hmm, ist das lecker! Pass auf, die Vögelchen picken bereits das Popcorn weg und das Eichhörnchen schaut auch schon aus dem Baumloch heraus, wo es etwas stibitzen kann!“

„Sag mal, kennst du den Unterschied zwischen einem Kamel und einem Dromedar? Das Dromedar hat nur einen Höcker, das Kamel – auch Trampeltier genannt – hat zwei davon. Du, das ist bequem, da kann man sich zum Reiten dazwischensetzen und fühlt sich gut aufgehoben, wenn das große Tier anfängt, sich schaukelnd zu bewegen. Kamele sind natürlich Säugetiere, aber sie sind auch Wiederkäuer, so wie die Kühe, die du vom Bauernhof kennst. Sie fressen alles, was grün und pflanzlich ist. Da das Kamel in den Wüsten oder Steppen von Nordafrika, Zentralasien, China oder

der Mongolei lebt, muss es dort oft tagelang ohne Nahrung und wochenlang ohne Wasser auskommen. Glaubst du, das macht ihm etwas aus? Nein, überhaupt nicht, denn es hat ja seine Höcker, da drin speichert es Nahrung und Wasser! Du ahnst ja nicht, was so ein Kamel trinken kann! Kommt es an eine Wasserstelle, schafft es das Tier, in wenigen Minuten 50 Liter Wasser aufzunehmen. Kamele haben noch andere Talente. So können sie ihre Nasenlöcher verschließen, wenn sie in einen Sandsturm kommen. Und wegen ihrer extragroßen Fußsohlen versinken sie auch nicht im Sand. Im Winter haben sie lange Zottelhaare, die ihnen im Sommer ausfallen, damit sie nicht schwitzen. Und weil diese Tiere so ungeheuer praktisch und angepasst sind, werden sie von den Menschen als Last- und Reittiere gebraucht. Es gibt zum Beispiel überhaupt keine Wüsten-Karawanen ohne Kamele.“

„Wie nennt man das Nashorn auch? Richtig: Rhinozeros! Nashörner sind neben den Elefanten die größten und schwersten Landsäugetiere. Sie können bis zu fünf Meter lang und bis zu zwei Meter hoch werden. Es gibt Prachtexemplare, die wiegen bis zu 3 600 Kilo. Leider leben nur noch rund 4 000 von diesen gewaltigen Tieren auf der ganzen Welt! Das freundliche Breitmaul-Nashorn, das du hier siehst, hat seine Heimat im südlichen Sudan und in Südafrika. Dort lebt es im Gras- oder Buschland. Besonders wohl fühlt es sich, wenn ein Fluss oder Sumpf in der Nähe ist, denn es suhlt sich für sein Leben gern im Schlamm. Akazienrinde ist seine absolute Lieblingsspeise, aber es frisst auch Blätter, Gras und Pflanzen aller Art. Wenn du denkst, dass sich das Nashorn nur langsam fortbewegen kann, weil es so groß, dick und plump ist, irrst du dich gewaltig. Es ist ungeheuer wendig und blitzschnell. Eigentlich bräuchten Nashörner eine Brille, denn sie sehen sehr schlecht. Dafür können sie aber super gut hören und riechen."

„Diese munteren Gesellen kennst du vielleicht schon vom Bauernhof. Man glaubt, dass Ziegen die allerersten Haustiere der Menschen waren. Das ist logisch, denn sie sind einfach zu halten, fressen Kräuter, Gräser, Sträucher, knabbern an Büschen und niedrigen Bäumen und geben eine Menge Milch, bis zu tausend Liter im Jahr, manche Rassen liefern sogar das Doppelte! Aus Ziegenmilch macht man ganz köstlichen Käse, mmh, ich hab schon wieder Hunger!

Ziegen sind mit den Schafen verwandt, sind aber schlanker und beweglicher. Sie können ganz toll klettern und kennen keine Höhenangst. Hier siehst du lauter Ziegenböcke, also männliche Tiere. Die erkennst du daran, dass sie einen Bart haben. Ein böses Schimpfwort ist, zu jemandem dumme Ziege zu sagen. Abgesehen davon, dass man das nicht tut, stimmt es auch nicht. Ziegen sind nämlich überhaupt nicht dumm, sondern sehr, sehr klug!"

„Falsch! Das Stachelschwein hat ganz und gar nichts mit dem Wildschwein zu tun! Es ist zwar auch ein Säugetier, gehört aber zu den Nagetieren. Die possierlichen Kerlchen werden 80 Zentimeter lang, höchstens 25 Zentimeter hoch und sind Leichtgewichte mit ihren gerade mal 20 Kilo! In freier Natur gibt es sie in ganz Europa, Asien und Afrika. Stachelschweine sind sehr gesellig und leben mit ihrer Familie zusammen. Tief im Erdreich liegt ihr komfortabler Bau mit mehreren Kammern. Sie fressen Wurzeln, Früchte und Beeren, aber auch Kleintiere. Vorsicht vor den Stacheln! Das sind ihre Waffen. Wehe dem, der ihnen Böses will. Dem rammen sie ihre Stacheln in den Leib, wo sie stecken bleiben und höllisch weh tun."

„Hopp, hopp, hopp, Ponys im Galopp! Hier ist die Western-Ranch und du kannst nach Herzenslust so lange du willst auf einem der vielen Ponys reiten. Da gibt es braune, weiße, groß und klein gefleckte Pferdchen. Such dir das Pony aus, das dir am besten gefällt. Der Reitlehrer hilft dir in den Sattel und zeigt dir ganz genau, was du tun musst, damit dein Pferdchen losläuft."

„Keine Sorge, du fällst nicht herunter! So lieb wie sie ausschauen mit ihren großen, treuen Augen, der Zottelmähne und dem buschigen Schweif, so lieb sind unsere Ponys auch! Sie laufen ganz brav ihre Runden. Das Reiten schaukelt ein wenig, aber da gewöhnst du dich ganz schnell dran. Schau nur, wie viel Spaß die anderen Cowgirls und Cowboys haben! Wie sagt man doch: Auf dem Rücken der Pferde liegt das Glück der Erde!"

„Sind diese Hängebauchschweine mit ihren Ferkeln nicht goldig? Eigentlich müssten sie ja Schlitzaugen haben, schließlich stammen sie aus Vietnam. Wie ihre rosafarbenen Verwandten, die Hausschweine, sind sie Allesfresser, sehr klug, äußerst neugierig und können gut riechen und hören. Allerdings sind meine grauschwarzen Freunde viel kleiner und wiegen auch viel weniger. Alle Schweine, ob grauschwarz oder rosa, sind sehr gefräßig. Sie wühlen ständig im Boden herum und suchen nach Knollen, Wurzeln, Würmern, freuen sich diebisch über Eicheln und Kastanien und sind überglücklich, wenn sie mit Äpfeln, Kürbisstücken oder Mais verwöhnt werden. Nur zu, du darfst sie füttern!“

„Läuft er nicht stolz herum, unser afrikanischer Strauß? Das darf er auch sein, denn er ist mit einer Größe von 2,75 Metern und einem Gewicht von 150 Kilo der größte und schwerste Vogel der Welt. Stell dir vor, ein einziges Straußenei wiegt so viel wie 30 Hühnereier zusammen! Der Strauß ist ein Laufvogel. Mit seinen dicken Beinmuskeln kann er ausdauernd laufen und ist mit 70 km/h schneller als ein Rennpferd. Weißt du, was komisch ist? Der Strauß hat zwar Flügel, aber er kann überhaupt nicht fliegen!
Nirgendwo außer in Australien leben Kängurus. Dort wohnen sie in der Steppe oder im Busch, fressen Pflanzen, Gräser, Sprossen und Blätter und

bewegen sich mit pfeilschnellen Riesensprüngen fort. So ein Sprung kann bis zu zehn Meter weit und drei Meter hoch sein! Kommt ein Känguru-Baby auf die Welt, ist es höchstens so groß wie eine Traube und wiegt nur etwa ein Gramm. Ganz allein muss es am Bauchfell seiner Mutti entlang in den Beutel krabbeln. Hat es das geschafft, geht's ihm gut. Dort ist es mollig warm und dort sitzen auch die Milchdrüsen, an denen es nuckelt, bis es neun Monate alt ist. Dann klettert es heraus und schaut sich in der Gegend um. Wittert es Gefahr, schwupps, hopst es zurück in den Beutel und versteckt sich."

„Hier werden gerade die Elefanten gefüttert. Du kannst den Wärtern dabei helfen, darfst ihnen aber nur das Futter geben, das es speziell dafür hier im Kinderzoo zu kaufen gibt. Fressen ist übrigens die Lieblingsbeschäftigung von Elefanten; sie verbringen oft bis zu 18 Stunden am Tag damit! Wenn du bedenkst,

dass so ein Elefant täglich bis zu 150 Kilo frisst, ist das ja auch kein Wunder! Er ernährt sich normalerweise von Gräsern, Baumrinden, Blättern und Zweigen. In Afrika, da, wo er lebt, reißt er manchmal sogar ganze Bäume aus, um an die jungen Blätter zu kommen, die er so gerne mag. Er freut sich aber riesig, wenn er einmal mit etwas anderem verwöhnt wird. Der Wärter verteilt gerade trockene Brotlaibe und Brötchen als besondere Leckerbissen und das kommt an, wie du siehst."

„Sind die nicht putzig? Schau dir die Gesichtszeichnung dieser kleinen Äffchen an und rate mal, wie sie heißen! Richtig: Das sind Totenkopfäffchen! Diese temperamentvollen Südamerikaner fühlen sich nur in großen Horden wohl, in freier Natur sind es oft einige hundert Tiere, die zusammenleben.

Leise plappernd sausen sie in ihrer Heimat durch die Bäume, immer auf der Suche nach etwas Essbarem wie Blätter, Früchte oder Kleintiere. Die Totenkopfäffchen haben eine äußerst sonderbare Angewohnheit: Sie reiben sich das Fell mit dem eigenen Urin ein, um von den Mitgliedern ihrer Gruppe erkannt zu werden. Na, das ist nicht so mein Ding!“

„Mach mal Pause! Komm mit mir auf den Kinderspielplatz. Hier können wir uns richtig austoben. Man kann auf den Wasserpilzen herumhopsen und ordentlich mit Wasser spritzen und keiner schimpft! Für die Klettertürme brauchst du ein bisschen Geschick und Kraft, aber das hast du ja! Mir persönlich gefällt das Krabbelhaus am besten, da verstecke ich mich gern und knabbere klammheimlich meinen Käse, den ich gemopst habe. Die Röhrenrutsche ist ewig lang und macht allen einen Riesenspaß. Gern würde ich mit dir auf der Zebra-Giraffen-Wippe schaukeln, aber das geht nicht; ich bin zu leicht! O, da hinten kommt schon der Pferdezug! Weiter geht‘s!“

„Jetzt sind wir bei den Lamas. Komm ruhig näher, die kannst du streicheln. Hättest du gedacht, dass das Lama mit dem Kamel verwandt ist? Und das, obwohl es in Südamerika in den Anden lebt und überhaupt keine Höcker hat? Vor über 4 500 Jahren wurde es von den Inka – das sind die südamerikanischen Indianer – gezüchtet. Es dient auch heute noch als Haustier, trägt schwere Lasten, und aus seiner dicken Wolle werden Kleider, Teppiche und Stricke gemacht. Lamas sind nicht anspruchsvoll; sie fressen hauptsächlich Gras. Unartige Lamas haben die schlechte Angewohnheit zu spucken, wenn man ihnen oder ihrem Futtertrog zu nahe kommt. Trifft man auf ein solches Lama, hat man besser einen Regenschirm dabei, da kommt nämlich eine Unmenge Spucke!

Zurückspucken nutzt nichts, das Lama lässt sich davon überhaupt nicht beeindrucken. Unsere Lamas spucken nicht, sie können sich sehr gut benehmen!“

„Hereinspaziert, hereinspaziert! Hier kannst du bei der Seelöwen-Show zuschauen. Toll, was diese lustigen Tiere alles können: balancieren, jonglieren, durch Reifen springen oder im Takt in die Flossen klatschen! Manche sind so klug, dass sie sogar zählen können! Füttern darfst du sie auch. Zur Belohnung für ihre Kunststückchen bekommen sie nämlich immer einen Fisch! Sei ein bisschen vorsichtig, sie haben scharfe Zähnchen! Seelöwen leben in Ozeanen und Meeren auf Eisschollen. Dort ist es natürlich schrecklich kalt und damit sie nicht frieren, haben sie eine ganz dicke Fettschicht unter der Haut. Schau mal, ob du ihre winzigen Ohren entdecken kannst. Sie sind schwer zu sehen, denn sie sind unter ihrem Fell versteckt."

„Hier ist was los! Die Schimpansen sind besonders ulkig, schau mal, was für Grimassen sie ziehen und wie wendig sie klettern können. Eigentlich leben sie ja in Afrika, fühlen sich bei uns im Kinderzoo aber pudelwohl. Hier werden sie natürlich sehr verwöhnt und bekommen jede Menge Obst zu essen, das mögen sie am liebsten. Aber sie mampfen auch gerne frische Blätter, Blumen, Samen oder weiche Rinde und trinken Wasser oder noch lieber Baumsaft. Schimpansen können bis zu 50 Jahre alt werden, leben immer in großen Gruppen zusammen und kümmern sich besonders liebevoll um ihre Kinder und Verwandten. Sehr viel Zeit verbringen sie damit, einander zu lausen, das heißt, sich gegenseitig Schmutz und Ungeziefer aus dem Fell zu

zupfen. Schimpansen sind außergewöhnlich klug, sie benutzen sogar Werkzeuge wie etwa Äste, um nach etwas zu graben, und sie können sich in ihrem Spiegelbild erkennen. Das können andere Tiere nicht!“

„Sind die Häschen und die Kaninchen nicht süß? Bei uns sind sie so zutraulich, dass sie zu dir hinhoppeln und sogar an deinen mitgebrachten Karotten knabbern. Kennst du die wichtigsten Unterschiede zwischen Hasen und Kaninchen? Klar, da ist schon einmal das Fell. Hasen sind immer braun, Kaninchen können weiß, schwarz, braun, grau, einfarbig oder gefleckt sein. Und ihr Fell ist auch kuscheliger als Hasenfell. In der Wildnis bauen sich Kaninchen einen unterirdischen Bau. Hasen dagegen wohnen in Bodenmulden im Gras oder Gebüsch. Wenn Hasen auf die Welt kommen, haben sie schon ihr Fell und ihre Augen sind geöffnet. Im Gegensatz zum Kaninchen ist ein Hasenbaby nicht hilflos.

Beide – Hase und Kaninchen – haben kurze Stummelschwänzchen, lange Schneidezähne, große Augen, mit denen sie super gut sehen können, lange Ohren, mit denen sie auch die allerleisesten Geräusche haarscharf hören, und lange Hinterbeine, mit denen sie sehr weit hüpfen können.“

„Bist du schon einmal auf einem Elefanten geritten? Nein? Das musst du unbedingt probieren! Damit du bequemer sitzt, haben die Wärter extra für die Reiter bunte Decken auf den Elefantenrücken gelegt. Alle Elefanten hier in unserem Kinderzoo kommen aus Afrika, wo sie im Gras- oder Buschland oder in Wäldern mit ihren Familien leben. Dort ziehen sie ganz langsam und bedächtig umher. Bei Gefahr können sie aber ganz schön schnell rennen!

Elefanten können ein hohes Alter erreichen, manche werden 60 Jahre alt! Weißt du eigentlich, dass der afrikanische Elefant die größten Ohren der Welt hat? Und das hat auch einen Grund: Er benutzt seine Ohren als Fächer, schließlich ist es extrem heiß in Afrika!“

„Eine weitere Attraktion im Kinderzoo: die Papageien-Show! Das hier sind keine Hyazinth-Aras, sondern andere, kleinere Papageien; sie leben ebenfalls in den Tropen und Subtropen und fressen Samen, Früchte, Nüsse, Honig und Insekten, wie überhaupt alle Papageien. Diese kunterbunt gefiederten Vögel werden sehr alt. In Gefangenschaft – also im Käfig – können sie 40 und mehr Jahre erreichen. Vielleicht auch deshalb, weil sie Menschen sehr mögen und gern bei ihnen leben. Papageien sind unheimlich neugierig, frech und clever und haben die Fähigkeit, unsere Stimmen nachzuahmen. Deshalb denken viele, Papageien könnten sprechen. Mit ihrem kräftigen Hakenschnabel und den ulkig aussehenden Greiffüßen können sie sich überall festhalten, weswegen sie auch so tolle Artisten sind. Papageien sind Rechts- und Linkshänder zugleich. Sie sind also beidseitig gleichermaßen kräftig und geschickt. Einfach beneidenswert!“

„Küken hast du sicherlich schon auf dem Bauernhof gesehen. Aber hast du auch schon erlebt, wie sie aus dem Ei klettern? Das kannst du hier beobachten und fotografieren. Küken sind die Babys von Hahn und Henne. Der Hahn stolziert den ganzen Tag herum, kräht, pickt Samen, Triebe, Sprossen oder Früchte vom Boden auf und ist mächtig eingebildet auf seinen fächerartigen, bunt gefiederten Schwanz. Seine Frau, die Henne, sieht nicht so chic aus, dafür muss sie aber die ganze Arbeit machen. Fast jeden Tag legt sie ein Ei. Um Nachwuchs zu bekommen, muss sie etwa drei Wochen brüten. Das bedeutet, dass sie sich auf die Eier setzen und sie kuschelig warm halten muss.

Nur jeden zweiten Tag darf sie für kurze Zeit aufstehen, um sich die Beine zu vertreten. Also, ich möchte nicht mit ihr tauschen! Wenn es an der Zeit ist, dass die Küken auf die Welt kommen, hacken sie mit ihren winzigen Schnäbeln von innen so lange an die Eierschale, bis sie kaputt ist, und dann schlüpfen sie aus. Mit ihren runden Äuglein, den orangefarbenen Schnäbelchen und dem gelben Federflaum sehen sie einfach goldig aus und sie piepsen fast so wie ich!“

„Das ist die Lok aus der Geschichte Jim Knopf und Lukas der Lokomotivführer! Das hat man mir erzählt. Naja, vielleicht stimmt das ja auch nicht! Hier dürfen Kinder und Tiere – ich zum Beispiel, oder die Hühner und Häschen – in und auf der alten Lok spielen. Das Tolle ist, dass an der Lok noch eine ganze Menge funktioniert und das, obwohl sie schon vor so vielen Jahren ausrangiert wurde.

Wenn man einmal auf den grünen Knopf im Führerhäuschen drückt, geht der Scheinwerfer vorne an. Drückt man zweimal kurz hintereinander, dann blinkt er sogar. Dreht man am roten Knopf, kommt Dampf aus dem kurzen Schlot. Zieht man an der blauen Leine, pfeift die Lok.“

„Schildkröten sind keine Säugetiere, sie gehören zu den Kriechtieren und legen Eier. Und sie sind hundsmiserable Eltern, denn sie kümmern sich überhaupt nicht um ihren Nachwuchs. Die Kleinen müssen zusehen, wie sie klarkommen, wenn sie geschlüpft sind! Das klingt zwar gemein, hat aber einen guten Grund. Schildkröten legen ziemlich viele Eier. Glücklicherweise überleben nur die Stärksten und Besten, denn sonst wäre die Welt wohl voll mit Schildkröten und für dich und mich wäre kein Platz mehr!
Die größte Land-Schildkröte ist die Galapagos-Schildkröte. Sie wiegt etwa 230 Kilo und kann 120 Zentimeter lang werden. Riesig, was?

Schildkröten sind übrigens die Tiere mit der höchsten Lebenserwartung, sie können über 100 Jahre alt werden! Das liegt vielleicht auch an ihrer Lebensweise. Sie sind Vegetarier durch und durch und ernähren sich ausschließlich von Pflanzen. Weil sie keine Zähne haben, müssen sie ihre Nahrung ganz gründlich mit den Kieferrändern zermahlen. Und langes Kauen ist ja sehr gesund, wie du weißt. Außerdem haben sie nie Stress, oder hast du schon mal eine flitzende Schildkröte gesehen? Ich nicht!“

„Also, ich geh jetzt mal zu den Wasservögeln in dem seichten Wasser baden. Schau mal, wie unbeholfen sich die Pelikane an Land bewegen! Dabei sind sie so tolle Schwimmer und Taucher und können richtig schnittig fliegen. Es gibt übrigens braune und rosa Pelikane. Beide leben in flachen Gewässern in allen wärmeren Gebieten der Erde. Das Besondere an ihnen ist der große Schnabel mit dem Kehlbeutel auf der unteren Seite, den sie wie einen Ballon dehnen können. Da gehen zweimal mehr Fische hinein als in ihren Bauch.“

„Irgendwie sehen diese über einen Meter großen Flamingos elegant aus. rosarote Füße und Beine, dazu das zartrosa Gefieder, sehr kleidsam! Diese Watvögel sind in etlichen Ländern anzutreffen. Sie leben in den Tropen, in Südspanien, Südfrankreich, im Süden von Marokko und Tunesien, sogar in Südostrussland und im Iran. Du triffst sie nie allein an, sondern immer in großen Kolonien. Im flachen Wasser sammeln sie ihre Nahrung, die hauptsächlich aus kleinen Krebsen besteht. Hast du schon einmal ein Flamingo-Baby gesehen? Das sieht nach dem Schlüpfen aus wie ein Gänseküken, es hat ganz weiße Federchen und ist super niedlich!“

„Wollen wir Seeräuber spielen? Gleich lässt der Seeräuber-Kapitän von seinen Piraten die riesigen Segel hissen, das ist aufregend! Guck dir mal den Anker an, was für ein Riesending das ist! Das Piratenleben ist bestimmt sehr abenteuerlich und spannend!

Und reich sind diese Seeräuber! Das wirst du gleich sehen. Unten in der Kapitänskajüte steht eine große Seemannskiste, die ist bis zum Rand mit den erbeuteten Schätzen gefüllt.

Und dann gibt's da noch das Seeräuber-Tagebuch, da stehen alle Überfälle drin, die je mit diesem Schiff gemacht wurden. Los, komm rüber, du musst nur über die wackelige Hängebrücke laufen und schon bist du bei mir auf dem alten Piratenschiff!"

„Überraschung! Willkommen zur Geburtstagsparty auf dem Piratenschiff! Wie all die anderen Kinder bist du herzlichst eingeladen mitzufeiern. Setz dir schnell eines von den lustigen Hütchen auf und such dir aus, was du essen möchtest. Darf's ein Stückchen von dem leckeren Geburtstagskuchen sein? Bei dieser Party bekommt übrigens nicht nur das Geburtstagskind, sondern jeder ein Geschenk. Lass mich mal gucken, was in deiner Schachtel drin ist. Oje, es ist schon spät, ich muss mich verabschieden. Ich hoffe, es hat dir bei uns gefallen und du besuchst mich und die anderen bald wieder im Kinderzoo!"

Der Kinderzoo-Wissenstest

Eine oder mehrere Antworten sind richtig. Teste einmal, was du über die Tiere des Kinderzoos noch weißt!

1. Welcher Fisch ist kein Meeressäugetier?
A Delfin
B Wal
C Hai

2. Wie viele Nashörner gibt es noch auf der Welt?
A 10 000
B 4 000
C 1 200

3. Wo leben Kängurus?
A in Afrika
B in Australien
C in Südamerika

4. Wer hat die größten Ohren der Welt?
A der Hase
B das Zebra
C der afrikanische Elefant

5. Wie groß ist ein Känguru-Baby, wenn es auf die Welt kommt?
A so groß wie eine Traube
B 5 cm groß
C 25 cm groß

6. Welches Tier wird bis zu 100 Jahre alt?
A die Land-Schildkröte
B der Elefant
C der Papagei

7. Weshalb haben Seelöwen eine dicke Fettschicht unter der Haut?
A weil sie zu viel fressen
B zum Schutz gegen die Kälte
C damit sie besser schwimmen können

8. Wo wohnt ein Stachelschwein?
A im Bau unter der Erde
B es baut sich sein Nest in den Büschen
C es lebt auf Bäumen

9. Was tut der Hahn nicht?
A Eier legen
B fliegen
C brüten

10. Wie sieht ein Hängebauchschwein aus?
A es ist rosa wie alle Schweine
B es ist grauschwarz und kleiner als das Hausschwein
C es ist weiß und hat einen Ringelschwanz

11. Wie viele Höcker hat ein Dromedar?
A einen
B zwei
C gar keinen

12. Woran erkennen sich Zebras untereinander?
A am Geruch
B an der Zeichnung des Fells
C an der Gangart

13. Mit welchem Tier ist das Lama verwandt?
A mit dem Schaf
B mit dem Kamel
C mit der Giraffe

14. Welche Farbe hat die Zunge der Giraffe?
A sie ist rosa
B sie ist braun
C sie ist blau

15. Was kann der Elefant nicht mit seinem Rüssel?
A trinken
B riechen
C trompeten

16. Was kann der afrikanische Strauß nicht?
A laufen
B Eier legen
C fliegen

17. Was fressen Pelikane?
A Algen
B Fische
C Blätter und Gras

18. Welcher Vogel ist der größte und schwerste der Welt?
A der afrikanische Strauß
B der Pfau
C der Storch

19. Welche Farbe hat das Gefieder des Flamingos?
A es ist bläulich
B es ist dunkelgrau
C es ist rosa

20. Wo leben Papageien?
A in den Tropen und Subtropen
B am Südpol
C am Nordpol

21. Woran erkennt man einen Ziegenbock?
A er kann besser klettern als eine Ziege
B er hat einen Bart
C er ist dümmer als die anderen Ziegen

22. Was ist so besonders an Schimpansen?
A sie leben allein
B sie benutzen Werkzeuge
C sie erkennen sich in ihrem Spiegelbild

23. Wo lebt der Hyazinth-Ara?
A in Afrika
B in Asien
C in Mittel- und Südamerika

24. Was haben Hasen und Kaninchen nicht?
A lange Schneidezähne
B extrem kurze Hinterbeine
C große Augen und große Ohren

Das ist richtig:
1 C; 2 B; 3 B; 4 C; 5 A; 6 A; 7 B; 8 A; 9 A, C; 10 B; 11 A; 12 B; 13 B; 14 C; 15 A; 16 C; 17 B; 18 A; 19 C; 20 A; 21 B; 22 B, C; 23 C; 24 B.

Illustrationen: ART-GRAFICS-DESIGN, Miguel Epes
Text: Gabriele Jockel

ISBN 3-907194-99-3